A UNE ALSACIENNE

SI j'étais Roi !... voilà le souhait de tous les amans. Il serait si doux, d'avoir une couronne à donner. J'ai fait souvent des vœux plus modestes ; vous savez, Sophie, s'ils ont été plus exaucés. — maintenant je dis : si seulement j'avais été heureux !... mais je ne suis qu'amant & poëte, & je ne puis vous donner que mon cœur & mes vers.

Sophie, c'est loin de vous, c'est dans un autre climat, que tristement assis à l'ombre des mélèses, je me rappelle tant de vœux rejettés, tant d'espérances déçues. C'est d'ici que je vous adresse quelques feuilles légères ; puissent elles ne franchir que pour vous, l'enceinte gothique de votre patrie !

A iij

Je vois dans l'avenir un tems où nous ferons plus éloignés. Mais fi mes vers atteignent votre demeure, ils porteront toujours une empreinte qui les fera reconnaître. Parmi les chants capricieux de ma mufe, vous trouverez des fouvenirs. Pardon, Sophie : j'aimerai à vous les rappeller ; car tout fouvenir eft doux, même celui qui eft trifte.

De ✳✳✳✳

ELÉGIES

At vos exiguo pecori, furefque lupique,
Parcite : de magno eft præda petenda grege.

Tibul. Eleg. I.

YVERDON.

De l'Imprimerie de la Société Littéraire
& Typographique.

M. DCC. LXXVIII.

PREMIERE PARTIE.

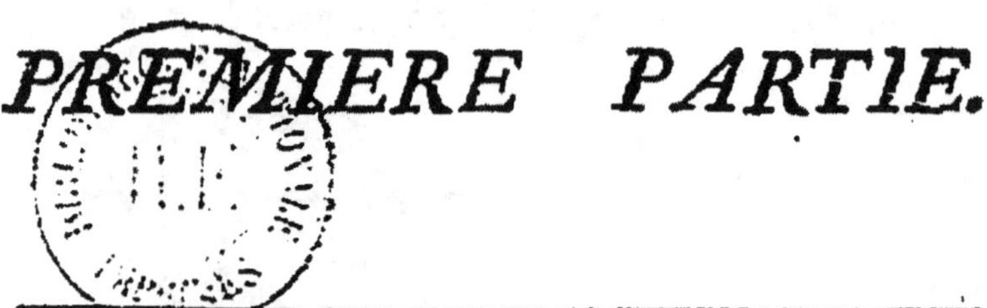

Hang there, my verse, in witness of my love.

SHAKESPEAR. As you like it.

A ij

ELÉGIES;

PREMIERE PARTIE.

I.

A ZÉLIS.

Aimable enfant, charme de la nature,
Dont le regard embellit l'univers,
Amour, reçois & mon cœur & mes vers,
Et les foupirs d'une ame tendre & pure !

Sur mon berceau tu répandis des fleurs ;

A iv

Tu m'élevas à l'ombre de tes roses ;
En folatrant, tes levres demi closes
M'apprenaient l'art des baisers enchanteurs.

Novice encore, à l'abri de tes ailes,
J'ose voler au sein de la beauté ;
Tresse pour moi des couronnes nouvelles ;
Amour, souris à mon cœur enchanté !

Zélis, tu fais si de l'enfance
    Mon cœur pour tes appas
    Abjure l'indolence !
Je brûle, & ne veux dans tes bras
En conserver que l'innocence.

O Zélis ! de nouveaux desirs
Dans nos ames viennent d'éclore ;
Oublions les jeux de l'aurore :
Un beau jour nous promet encore
Des jeux, & de plus doux plaisirs.

Eh ! qu'est-ce, près de notre ivresse,
Que le calme des premiers ans ?
Un seul baiser, ô ma déesse,
Un seul de tes baisers ardens

Donne le prix à la jeunesse.

Baisons-nous cent fois, ô Zélis !
Baisons-nous mille fois encore ;
Que, sous ma bouche, un sein de lys
Du feu des baisers se colore !
Qu'en nombre, ces baisers brûlans
Surpassent les bouquets du parterre de Flore,
Et les astres étincellans
Qui s'éclipsent devant l'aurore.

Sur ce gazon, loin des regards du jour,
Nous nourrirons notre ardeur enflammée ;
Le doux Zéphir, d'une aile parfumée,
Ranimera le flambeau de l'amour.
Seul confident de nos doux sacrifices,
Il me verra, sur ton sein agité,
Goûter tantôt l'extase des délices,
Et tantôt le repos qui suit la volupté.

C'est là que, d'une voix facile,
Je formerai les plus doux chants ;
L'amour, à ma muse docile,
Seul, inspirera des accens ;
Je chanterai, dans mon ivresse,

Et les beaux jours de la tendreſſe,
Et les minutes du plaiſir ;
L'oiſeau ſuſpendra ſon ramage ;
L'amour, dans ſa courſe volage,
S'arrêtera pour applaudir ;
O ma Zélis ! à mon hommage
Tu répondras par un ſoupir.

C'eſt pour toi déſormais, que ma lyre, en cadence,
De nos boſquets ombreux troublera le ſilence ;
Ma muſe, avec tranſport, ſous des berceaux de
    fleurs,
Aux échos attendris rediſant tes faveurs,
Laiſſera le génie aux ailes épandues
Épouvanter les ris, en tonnant dans les nues.
Eh ! que m'importe à moi, dans ce vaſte univers,
Quelle loi fait mouvoir tous ces globes divers ?
Qu'au delà de nos mers tranſportant l'injuſtice,
L'Anglais traîne au combat ſa coupable milice ?
Un peuple de héros, armé de ſes vertus,
Peut écraſer ſans moi des bataillons vendus.
Que le fer étincelle ! — amour ; dans nos boccages
De tranquilles réduits t'offriront leurs ombrages ;
Là des larves hideux, par de ſombres ſoupirs,
N'épouvanteront pas le ſommeil des plaiſirs ;

Le cri de la terreur, dans cet épais feuillage,
Jamais du rossignol n'interrompt le ramage,
Et des fleuves de sang aux pieds de deux amans
Ne murmureront pas les plaintes des mourans.

Amour! sans toi, la terre est dans la nuit profonde:
  C'est ton regard, c'est ton flambeau vainqueur
Qui donne son éclat au spectacle du monde;
  C'est lui qui prête un charme séducteur
  Au jour qui luit sur toute la nature;
  Et des douceurs à cette nuit obscure,
  Dont l'affreux voile y répand la terreur.

    Puissè-je, dans l'hyver de l'âge,
    Conserver mon cœur & mes feux!
    Puisse le tems, dans son ravage,
    Oublier l'instant de nos jeux!
    Lorsque, sur nos fronts, les années
    Changeront le myrte en cyprès,
    Des souvenirs remplis d'attraits,
    Loin de nos couronnes fanées,
    Chasseront encor les regrets.
    Sous nos rides, toujours plus tendre,
    L'amour découvrira des traits
    Aux quels il ne peut se méprendre;

Dans des yeux las de voir encor
Il nous fera trouver des charmes;
Les jeux erreront sans allarmes
Autour de l'urne de la mort;
Et quand enfin la main du fort
Dans la nuit du tombeau nous aura fait descendre,
Sur le marbre glacé, qui joindra notre cendre,
Que les amours en pleurs, aux branches d'un
cyprès
Suspendent en festons leurs myrtes & leurs traits.

Dans les rameaux courbés de ce triste feuillage,
Le rossignol, en long regrets,
Viendra prolonger son ramage;
Sur la mousse triste & sauvage,
L'amant en pleurs s'arrêtera;
Le ruisseau n'y murmurera
Que quelques plaintes fugitives;
Le souffle embaumé des Zéphirs
Ne portera que des soupirs
Aux violettes de ces rives.

Mais quand l'astre des nuits, de son disque argenté,
Blanchira le sommet de ce tombeau tranquille,
Nos manes, en silence, à sa pâle clarté,

Sortiront, s'il se peut, du fonds de leur asyle ;
Ils oseront fouler ce gazon regretté,
Ils se joûront encor dans ce vallon sauvage
    Témoin des jeux de notre premier âge.

II.

LE RUISSEAU

O toi ! qui repofais dans une urne tranquille,
Toi que mille rochers couvraient de leurs remparts,
Ruiffeau, pourquoi fortir du fond de ton azyle ?
    Ah ! crains le jour & fes regards !
Un foleil impofant, des campagnes riantes ;
L'aurore qui fourit, & des nuits plus touchantes ;
Tout promet le bonheur , mais touta des hazards ;
Tu t'échappes, tu fuis, guidé par l'efpérance ;
    Mais ce bonheur , dont l'apparence
    Fait frémir tes flots agités ,
Ce bonheur , que tu fuis, eft une ombre infidelle :
    Envain ton murmure l'appelle :
Il fuira déformais tes canaux argentés.
    Loin de ces tranquilles ombrages,
    Hélas ! ne crois pas que toujours
Les cieux, d'un rayon pur, éclairent tes rivages :
    Même au milieu des plus beaux jours

Il s'élève de noirs orages.
J'en ai vû d'effrayans en altérer l'azur ;
      Souvent leur voile obfcur
      Porte l'effroi dans nos boccages ;
      Bien fouvent, envain defiré ,
      L'aftre du jour, au milieu des nuages,
      A fourni fon cours ignoré.

      Ainfi battu par la tempête,
Quelque fois enchaîné par le froid des hyvers ,
Captivé dans nos champs, perdu dans les défers ,
      En regrettant ta paifible retraite,
      Tu vas parcourir l'univers ....
Mais, que dis-je ? tu fuis le penchant qui t'entraine
Vers la rive inconnue où tu dois repofer ;
      Tu vas chercher la région lointaine ,
      Qui pourra te défabufer.
      En cet inftant, la nature eft parée
      Des plus éclatantes couleurs ;
Le foleil plane feul dans la voute azurée ;
Tout fourit. Amufé de préfages trompeurs,
En murmurant, tu fuis ce vallon folitaire ,
      Et dans ton cours, ô ruiffeau téméraire !
      Tu ne prévois que d'aimables erreurs.
      Hé bien ! fuis ta pente invincible ;

Fuis ces bords enchanteurs ;
Puiſſe ton onde, en ſa courſe paiſible,
N'arroſer que des fleurs !
Que des vents orageux l'impétueuſe haleine,
Que les torrens des céleſtes canaux,
Du fonds de leur tranquille arene
Ne ſoulevent jamais tes flots !
Puiſſent les driades charmantes,
Sous un ombrage toujours frais,
A tes ondes errantes,
Confier leurs attraits !
Que ta ſource ſacrée
Devienne, en les touchant, le filtre du plaiſir ;
Qu'à tes flots careſſans, la bergere livrée,
Trouve dans ſon ame enivrée
Le premier ſentiment ou le premier deſir.
Sans fixer le but du voyage,
Trop heureux, ſi tu peux toujours
Amuſer ainſi ton paſſage
Par de charmans détours ;
Avant que la mer écumante,
Dont l'abyme engloutit tant de fleuves divers,
Entraîne ton onde inconſtante
Dans les noirs torrens des enfers.

Mais

Mais fi jamais, traverfant ma patrie,
   Tu baignes dans ton cours
   Cette terre chérie,
   Où j'oubliais mes premiers jours
   Dans les bras de Sophie ;
O ruiffeau fortuné ! rallentis un moment
   L'impatience qui t'entraîne ;
Va murmurer aux pieds de celle qui m'enchaîne ;
Porte lui les foupirs, les vœux de fon amant.

   Quand, fur le gazon de ta rive,
   Elle ira rêver en fecret,
   Si fur ton onde fugitive
   Elle jette un regard diftrait,
Ah ! qu'une émotion que fon cœur interprète
Lui dife que tu viens du fonds de ma retraite !
   Avec les plus beaux de nos jours
   Que mon image retracée,
   Du fouvenir de nos amours
   Occupe un moment fa penfée !
En fongeant à celui qui de fes premiers feux
Sut enflammer fon cœur, fi fenfible & fi tendre,
Ses beaux yeux donneront une larme à nos
   jeux.
Qu'elle s'uniffe aux pleurs qu'un regret fait répandre

A son amant fidelle & malheureux;
Et que tes flots, vers des mers inconnues
Roulent nos larmes confondues,
Et les abyment avec eux!

III.

HYMNE

A MON AMI.

HEURES paisibles de la nuit !
    Heures tranquilles du silence !
      Du tems rapide qui nous fuit,
    Vous semblez fixer l'inconstance.
Dans les bras de Morphée oubliant le moment,
Doucement enivré de pavots léthargiques,
     Sous vos crêpes mélancholiques,
      Il s'envole plus lentement.
    J'ai vu jadis des nuits plus fugitives :
L'amour les amusait, & de son vol badin
     Entrainait les heures craintives,
     Et hâtait celles du matin.
     Heures tranquilles du silence !
     Heures paisibles de la nuit !

Vous étiez des inſtans, quand j'adorais Hortenſe ;
Le jour ſeul était long ; je craignais ſa préſence ;
Maintenant le jour & la nuït ,
Et le tumulte & le ſilence ,
Tout peſe, tout eſt long, tout m'amene l'ennui.

Ah ! s'il me faut de nouveaux ſonges ,
Tendre amitié , ſource des vrais plaiſirs
Ou des plus durables menſonges !
Satisfais d'innocens deſirs !
Prens ton flambeau, déeſſe bienfaiſante ,
Prens ce flambeau pâle , mais ſûr,
Qui ne brille jamais d'une flamme éclatante ;
Mais qui ne s'éteint point dans un nuage obſcur.
Prens ce flambeau qui ſurvit à l'orage ,
Que le tems deſtructeur enflamme davantage ,
Qui brille ſur la tombe , & n'en eſt que plus pur.
Ecartant des ombres funèbres ,
Précède moi dans l'horreur des ténèbres !
Heures paiſibles de la nuit !
Heures tranquilles du ſilence !
Coulez plus lentement: dans ſa ſimple innocence
L'amitié peut encore amuſer mon ennui.

Sans doute , en cet inſtant, d'agréables menſonges

Careffent mon ami dans les bras du fommeil ;
O vrais plaifirs ! volez fur les ailes des fonges ;
  En l'amufant, retardez fon réveil !
Il eft des vérités, fi douces, fi touchantes,
      Que fon cœur peut les préférer
      Aux chimères les plus brillantes.
      Dites lui que, hâtant mes pas,
      J'efpère l'embraffer encore
    Et renouer un lien plein d'appas ;
Dites-lui que je vole, & précède l'aurore.
Ah ! vous le charmerez, doux fonges que j'implore,
      Et vous ne le tromperez pas.
Redoubles, ô fommeil, ton ivreffe profonde !
Livre moi mon ami, qui, dans l'oubli du monde,
      A fon ami pourra fonger.
Que fes premiers regards vers la voute éternelle,
En cherchant fa clarté, fi touchante, & fi belle,
      Rencontrent un ami fidele,
      Et digne de la partager !
      Alors, aux plus doux témoignages
      D'un fentiment rempli d'attraits,
    Succéderont des entretiens volages,
Charmans, puifque le cœur en aura fait les frais.
    Nous parlerons de peines paffagères,
      D'amufemens momentanés,
              B iij

D'illusions trop chères,
De plaisirs trop gagnés ;

Un peu de bagatelle & de philosophie ;

Beaucoup, hélas ! de ces amours

Qui, peut être, seraient le charme de la vie,

Si la méchanceté n'en corrompait le cours ;

Trop, sans doute, de vers, de ces tendres archives

Où nos passions fugitives

Consacrent les erreurs des plus beaux de nos jours.

En ces instans si chers à des ames sensibles,

Tendre amitié, source des vrais plaisirs,

Ainsi prépare nous des sentimens paisibles,

Et satisfais de tranquilles desirs !

S'il est vrai que nos jours s'écoulent dans les

songes,

Si tout offre à nos yeux des tableaux peu réels,

A tant de préjugés futiles ou cruels

Nous saurons préférer de moins tristes mensonges.

Heureux du moins, dans l'erreur du sommeil,

Nous aurons cru jouïr de la douceur de vivre,

Et qu'importe à nos cœurs le moment qui doit

suivre ?

Un beau rêve prépare un tranquille réveil.

I V.

LE NOM DE ZÉLIE

SOus quel nom t'implorer, Compagne d'Apollon!
Toi dont la voix simple & légère,
Chante les noms consacrés à Cythère,
Sous les berceaux du saint vallon!

Erato, vierge du Permesse,
Toi qui dans ta céleste ivresse
Attendris la savante cour,
Par les plaintes de la tendresse
Et les cantiques de l'amour!

O muse! prens ton luth amoureux & sonore!
D'Uranie & de Terpsichore
Fais taire les bruyans concerts;
Chante le nom de celle que j'adore,
Chante Zélie à l'univers!

Que les chœurs éternels du Pinde & d'Idalie
Célèbrent avec toi le nom de ma Zélie !
          La nature embellie
          A leurs accens s'animera ;
          Au doux nom de Zélie,
          Le printems se réveillera.
          De boccage en boccage,
          Sur son aile volage,
          Zéphir le portera !
          L'écho du rocher solitaire,
          En soupirant, me redira
          Le nom chéri de ma bergère.

O nom charmant ! mes vers te fixeront
          Sur l'écorce des jeunes hêtres !
          Les guirlandes champêtres
          En chiffres s'entrelaceront.
          Sur l'arène de ces rivages
L'onde en caressera l'emblême passager.
Sur son front menaçant l'audacieux rocher
          Te portera dans les nuages !
          Sous les heureux présages
          De cet amoureux talisman,
          Croissez, sombres boccages !
          Errez, ruisseau charmant !

Que tout aime fous nos ombrages !
Un doux enchantement
Nous promet des jours fans orages.

Coulez déformais, ô beaux jours !
Coulez fur les champs que j'habite !
Que tout retrace, à mon ame féduite,
Un nom fi cher à mes amours !
Quand de mon ame défaillante
L'âge éclipfera le flambeau,
Qu'il couvre la voix effrayante
Qui s'élèvera du tombeau !
Que je le baife encor, que je le life,
Prêt à fermer les yeux ;
Pour fes derniers adieux,
Sur mon bucher, que l'amour le redife !
Qu'il le grave de fes traits,
Sur les marbres funéraires
Et l'écorce des cyprès ;
Longtems les jeunes bergères
L'uniront à leurs regréts.
Et fi l'amant heureux, fi fa maitreffe aimée,
A ma lampe funèbre allument leur flambeau ,
Qu'ils prononcent ce nom !.. ma cendre inanimée,
Ma cendre frémira du fonds de fon tombeau.

V.

MES AGES.

IL fut un tems, il m'en souvient encor,
   C'était le bon tems de ma vie;
  Parmi les jeux, à l'abri de l'envie,
   Mes jours s'écoulaient sans effort.
   Tout à mes yeux était prodige:
   Une source qui jaillissait,
   La fleur qui couronnait sa tige,
   Le Zéphir qui la carressait,
   Un nid de fauvettes, ... que dis-je?
   Un papillon m'intéressoit.
Aujourd'hui tout est grand; * calculant leur balance
Les états attentifs croisent leurs mouvemens;
Le midi craint le nord, le repousse en silence;
La paix vole, indécise, aux champs des musulmans;
Sur un roi désiré notre empire s'appuie;

(*) En 1774.

Le thrône capitule avec nos parlemens......
Tout forme scène, & je m'ennuye. &c

Il fut un tems, ce beau tems eſt paſſé,
Où mon eſprit, aux voûtes éternelles
S'élançait d'un vol empreſſé.
Audacieux aiglon, ſur mes plumes nouvelles,
Imitant l'aigle altier qui traverſe les cieux,
Je ſuivais ſes ſentiers, & du flambeau des dieux
Je dérobais les étincelles.
Et l'algèbre & ſes profondeurs,
Et les ſecrets de la chymie,
Et les ſyſtêmes ſéducteurs
D'une pompeuſe aſtronomie,
Je ſondai tout, hormis la ſcience des cœurs.
J'en avais un pourtant ; je l'appris de Thémire.
C'eſt alors que, dans mon délire,
Je m'écriais " tout eſt erreur,
„ Hors le ſentiment qu'elle inſpire !
„ Sciences, montrez-moi les aſtres du bonheur,
„ Les ſecrets de l'amour, l'art charmant de
„ traduire
„ Un regard enchanteur,
„ Ou d'interpréter un ſourire „ !.....
Etais-je dupe de mon cœur ?

C'eſt au lendemain à le dire.

Il fut, ce tems, cet heureux tems,
Où je diſais à ma maitreſſe,
" Prens mon cœur, & mes dix-huit ans :
„ C'eſt toute ma richeſſe „...
Ma Thémire, à ſon tour, me donna ſa tendreſſe ;
Elle me donna ſes appas,
Son innocence, ſa jeuneſſe.....
Que ne me donna-t-elle pas ?
A cette union d'exiſtence
Lequel gagna ? je n'en ſais rien ;
Nous étions jeunes, & l'on penſe
Que chacun y mit trop du ſien.
J'y perdis ma jeuneſſe, elle ſon innocence...
" Tant mieux „ diſais-je, au fort de mon ardeur ;
„ Perdons tout ; c'eſt pour lui que l'amour nous
„ fit naitre :
„ Lui conſacrer des jours, dont il eſt maitre ›
„ C'eſt les placer au profit du bonheur ..!
Aujourd'hui j'ajoute....Peut-étre.

VI.

ASPASIE.

A SON AMANT.

Tu te plains de ma rigueur,
Ah ! tu ne vois pas mes larmes !
Tu ne combats que mon cœur ;
Moi, le tien & mes allarmes.

Le remords fuit un baiser,
Prens pitié de ma faiblesse ;
Cesse, cruel amant, cesse :
Je ne pourrais refuser.

VII.

ALCIBIADE

A LA BELLE ASPASIE.

Loin de ces lieux, Aspasie, où ton cœur
Soupire avec remords un amour plein de char-
    mes,
Où tu te crois coupable en le voyant vain-
    queur,
Tu le sais, loin de toi, je cede à la douleur;
  Nous nous aimons, & nous verfons des lar-
    mes!
    Dieux! si l'amour a des allarmes,
    Où trouver le bonheur?

Tu te souviens de ce moment terrible
    Où, gémissant d'être sensible,
    Tu me repoussais de ton sein.
    Trop crédule victime
    D'un préjugé cruel & vain,

Dans l'amour le plus doux tu ne voyois qu'un
　　　crime.
Ah ! connais mieux ce fentiment vainqueur !
L'amour n'eft vicieux que dans les cœurs coupa-
　　　bles :
Quand le dévôt le peint fous des traits haïf-
　　　fables,
　　Il le juge d'après fon cœur.

　　L'amour, par nos penchans, s'avilit ou s'épure ;
Un. fourire, un baifer n'eft que ce qu'on le
　　　fait ;
　　Pour une ame innocente & pure,
　　C'eft un plaifir... peut-il être un forfait?
Non je ne connais point de trompeufes déli-
　　　ces ;
Le poifon n'eut jamais une fauffe douceur ;
　　Contre l'impulfion du cœur
La nature n'a point prononcé de fupplices ;
Toute loi n'eft qu'abus, tout précepte eft er-
　　　reur,
　　Et les remords font des vengeurs. factices.
　　J'interroge les tems & leurs variétés ;
Je parcours d'un œil fec, dans leurs plates an-
　　　nales,

Cinquante fiecles de fcandalés,
De fottife & d'abfurdité.
Choquant les fots & les prétendus fages,
Le vrai marche entouré du faux,
Toujours combattant les orages,
Toujours diffipant des nuages,
Pour en amaffer de nouveaux
Qui ne le fuivront pas fur l'abyme des âges.
Le cœur triomphe feul, tous les jours combattu ;
Sa victoire doit nous l'apprendre :
Si l'amour n'eft pas la vertu,
Il eft permis de s'y méprendre ;
Et, peut-étre, à lavolupté,
On doit, plutôt qu'à l'inexpérience
La couronne de l'innocence
Et l'encens de l'humanité.

Et, quel eft-il, femme tremblante,
Quel eft-il, ce timide amour,
Dont les craintes forment ta cour,
Qui rampe, en criminel, aux pieds de fon
amante ?

Ah ! s'il recule, épouvanté,
A la porte du Sanctuaire ;

S'il

S'il n'ose s'élever à l'astre qui l'éclaire,
   Dis, quelle est sa divinité ?

Je connois un amour ; dans mon cœur est son
    temple ;
   Il vit, il regne dans tes yeux.
   Sur ce trône je le contemple ;
Et, pour moi, l'univers a pris l'éclat des cieux.
Qu'on me laisse sa flamme, & qu'un blasphême
    impie,
  Sur son autel, craigne de l'obscurcir !
En embraser mon cœur est le bien que j'envie :
C'est ma gloire, mon sort ; la honte est d'en
    rougir.
Si le blâme s'éveille, on rit de l'anathême ;
Son estime n'est rien, le sentiment est tout.
  Par ce dédain l'on punit son blasphême,
L'opinion rugit, & la nature absout.

  L'opinion !… eh ! qu'est-ce donc qu'un bien
Qui doit au préjugé sa frivole importance ?
  Dieu du moment, chaque jour a le sien.
Ce n'est plus celui d'hier qu'aujourd'hui l'on
    encense :
Au plus accrédité le sage ne doit rien,

Pas même l'apparence.
Un jour, nous descendrons aux rives du Léthé,
Et, morts, songera-t-on que nous avons été ?
Occupés d'autres soins, peut-être, aussi futiles,
Nos neveux, oubliant notre vie & nos goûts,
Ne nous sauront pas gré des vertus inutiles
Dont le vain souvenir va s'éteindre avec nous.
Déja la tombe, hélas! appelle notre cendre !
Hâtons-nous de jouir, puisqu'il faut y descendre.
Dans ce gouffre, bientôt, le trépas destructeur
Ensevelira tout, sentimens & bonheur.
Alors, de siècle en siècle, au gré de son caprice,
Le hasard changera les vertus des mortels.
Triomphant des erreurs & de leur injustice,
Un jour, la vérité peut avoir des autels.
Chere Aspasie, un jour, sur nos tombes tranquilles
On verra soupirer la douce volupté ;
Alors, pour tant d'efforts & de larmes stériles,
Que nous restera-t-il ?.... l'insensibilité.

VIII.

CHANT DE GUERRE,

ALSACIEN,

Du Onzieme Siecle.

Traduit de l'Allemand.

UNE Femme de la vallée
Plaisait, depuis long-tems, au bourgrave Mainfroy.
Ce comte était puissant ; la plaine désolée
    Voyait ses murs avec effroi.

    Albert, le mari de la belle,
Albert grinçait les dents ; lui seul ne tremblait pas :
Il tenoit le couteau levé sur l'infidelle...
    Le comte était dans les combats.

    „ Ah ! dit-elle, sur ce nuage
„ Le corbeau te regarde, & passe en croassant ;

,, Il précède le comte, il revient du carnage,
,, Et lui demande encor ton fang. ,,

De la Souabe dévaftée
Mainfroy, le même foir, vient avec fes foldats,
On voit avec terreur fa pique enfanglantée….
    Albert ne lui réfifta pas.

    ,, Viens, dit-il, belle Alfacienne,
,, De l'or des ennemis tous mes châteaux font
        pleins.
,, Mais il me faut un fils. De toi que je l'ob-
        ,, tienne,
    ,, Pour l'effroi de mille orphelins.

ODE GRECQUE. (*)

LA nuit repofait fur l'univers, fombre, vo-
luptueufe & paifible. L'amour a paffé dans les
airs; le Dieu du filence le guidait parmi fes ombres.... mais l'amour peut-il cacher fa préfence?
Les cieux & la terre ont treffailli; la vierge des
aftres a voilé fon front d'un nuage, pour jetter
en fecret un regard fur Endimion; la jeune fille,
fur fa couche folitaire, a vû en fonge fon amant,
& fes bras étendus ont faifi le vague des airs.

Du haut des cieux l'amour m'a regardé.... Tu
reviens, ô ma Délie! tu reviens des régions
lointaines; les colombes d'Idalie vont t'amener
le char de leur reine, non pas brillant, non
pas orné de guirlandes de rofes, comme aux jours
du triomphe, mais entouré d'un nuage qui le
dérobe aux yeux jaloux.

Viens, ô ma Délie! reviens dans mes bras. Le

* Ἀπολλοδ. ψαλμ.

Dieu du myſtere m'a promis ſes nuages les plus impénétrables ; viens, charmante fille, avec ton ſourire céleſte, avec ce regard languiſſant qui accompagne tes faveurs ; viens, les cheveux épars, comme je t'ai vue aux ſacrifices de Vénus ! découvre moi ton ſein, plus blanc que le plumage de ſes colombes, & cette aréole, plus vermeille que la roſe teinte du ſang d'Adonis, & ces reins…. non, non, ma Délie, cache moi tous ces tréſors, cache-les d'un triple voile, ou mon ame brûlante s'exhale dans les airs.

Et toi, belle Vénus ! jette-toi dans les bras de Mars, tandis que les époux trompés t'occuperont de leurs triſtes ſacrifices….. Que les baiſers colorent le ſein de la beauté, & que le printems s'éveille à leur murmure !

SECONDE PARTIE.

PHAON.

I

SOUS UN PORTRAIT.

IMAGE douce & chere,
- De mes écrits & de mon cœur
Sois la déité tutélaire !
Mais si jamais la moindre erreur
Y profanoit ton sanctuaire·····
Fuis fans retour, image douce & chere
De mes écrits & de mon cœur.

IL

L'HEURE DU BERGER.

PHAON.

TES regards sont doux, sont tendres , ils pénétraient mon cœur. Oh ! leve les yeux, regarde-moi , chere Isore !...

ISORE.

Je ne puis plus te regarder, je ne puis plus, Phaon ; mais tu sais ce que diraient mes yeux.

PHAON.

Envain tu les baisses, à tes genoux je les rencontrerai.... Quel sourire, ma chere Isore... Ah ! donne-moi ta main , donne, que je la serre dans la mienne !

ISORE,

Prens ma main, prens ; je crains de la donner : le frémissement ira jusqu'à mon cœur...... cela fait mal.....

PHAON.

Oh ! réponds donc à mes baifers ! ne m'envie pas ta bouche vermeille !

ISORE.

Pourquoi ta bouche cherche-t-elle la mienne ? je la détourne : je ne pourrais plus dire que je t'aime.

PHAON.

Laiffe !... laiffe-moi cette bouche charmante ; que nos levres fe rencontrent, fe mêlent : un doux frémiffement dira ce qu'elles ne pourront plus dire.

ISORE.

Eh ! puis-je te refufer ?.... O Phaon ! preffe-moi dans tes bras !

PHAON.

Serre-moi dans les tiens , enlace-moi des tiens : nous ferons plus unis. De ta bouche à ton fein , laiffe errer mes baifers ! Qu'il eft doux ton fein !.. Il s'éleve fous mes baifers , il leur cède , il leur réfifte , il me renvoye à ta bouche , il me rappelle à lui..... Oh ! rends-moi ! rends-moi les baifers que je lui donne !

ISORE.

Je te ferre dans mes bras , contre mon fein ;

fur mon cœur.... Je baife tes yeux & ta bouche,....
mais tes regards font pénétrans , tu foupires..
que te faut-il encore ?...
PHAON.
Tout, tout, & mourir.

LE QUART-D'HEURE-APRES.

PHAON.

TU me regardes, je te regarde, & nos cœurs s'entendent ; .... Ah ! laisse-moi à tes pieds : je te vois mieux ; c'est l'attitude de la volupté.

ISORE.

Leve-toi, Phaon, viens dans mes bras ; leve-toi, je ne puis souffrir cette inégalité ; eh ! que me dois-tu, que je ne te doive aussi ?

PHAON.

Que tu es belle, chere amie, que tu es belle !.. Pourquoi me parais-tu plus charmante ? pourquoi tout ce qui m'entoure est-il ravissant ?.... Isore ! ah ! c'est que mon cœur a été plus près du tien.

ISORE.

Pourquoi mon cœur palpite-t-il au son de ta voix ?... Pourquoi tes regards pénètrent-ils mon ame, & me découvrent-ils la tienne ?... Ah Phaon ! tu le sais aussi bien que moi.

PHAON.

Nous nous entendons mieux; nous n'avons
plus qu'une ame, qu'un être, ... Oh! repose-toi
sur moi, abandonne-toi dans mes bras; que je
respire ton haleine, que nos soupirs se confon-
dent!.. Souffle-moi la vie! en les baisant je re-
leverai les boucles de tes cheveux... Avec quel
plaisir je les ai dérangées!

ISORE.

Ah ! laisse-les !... Tu me distrais de mon enchantement.... Regarde-moi, fixe moi, vois mon
ame dans mes yeux; ne dis rien; tu me distrais:
tes regards en disent davantage. Ne dis rien,
les mots que tu voudras former, je les ravirai
sur ta bouche.

PHAON.

Ah! puisse-je avec eux expirer sur la tienne!..

LA RENCONTRE.

LA RENCONTRE.

ILs étaient paffés, les beaux jours d'Ifore & de Phaon ; depuis long-tems le fort les avait féparés, fans retour. Phaon au défefpoir, fuit la fociété des hommes ; il erre, feul, dans fes fombres penfées. La trifteffe farouche eft gravée fur fon front... Plus douce, Ifore avait femblé oufcrire à l'arrèt fatal. Elle eft rentrée dans le cercle de fes compagnes ; mais dans fon cœur repofe la mélancholie, profonde, profonde ; elle n'en fortira plus

Le jour baiffait. Phaon rencontre fon amante près d'un temple folitaire ; ce temple fouvent les avait vus plus heureux. Phaon le regarde, il regarde Ifore, & fonge aux jours qui ne font plus. Tout eft changé. Il ne voit plus des nuances céleftes fur le teint de celle qu'il aimait. Ses joues font décolorées, fes yeux font obfcurcis.... " & c'eft moi „.... fe dit-il à lui-même... Autour de fon cœur il fent errer le remords ; il n'eft pourtant pas coupable.

D

Isore lève les yeux. Son cœur tressaille. Elle veut éviter son amant.... Phaon l'arrête.... Elle baisse les yeux, & voit à son doigt un anneau, l'anneau qu'elle lui a donné aux jours de leurs plaisirs.... Un souvenir plus profond passe dans son ame. Elle fuit, car ses yeux se mouillaient de larmes. Phaon se retire plus sombre; elle ne lui avait pas dit adieu.

De loin, il voit l'infortunée entrer dans le temple auguste. Là, seule & désolée, elle lève les yeux vers les voutes antiques. Du fonds de son cœur oppressé, elle s'écrie en larmes.... " il n'est donc plus, le bonheur de ma vie! ".

LA TOMBE.

DEpuis le jour funeſte où la jeune Iſore avait été ſéparée de ſon amant, elle ne connaiſſait plus de bonheur ſur la terre. Son cœur, accoutumé au ſentiment ſublime de l'amour, ne trouvait autour de lui que le vuide, & s'élançait vers le ciel & l'éternité.

Souvent, dans la ſombre retraite d'un temple, elle allait entendre ces chants antiques, qui, dans leur auguſte ſimplicité, s'élèvent, comme une vapeur légère, juſqu'au trône de Dieu. Là, dans ſon abandon, elle mêlait ſes pleurs aux prieres des mortels; là, elle jurait d'oublier ſon amant & ſes erreurs. L'infortunée! ce ſerment même prouvait ſon amour. Elle croyait l'oublier, cet amant adoré, quand elle s'en ſouvenait par d'injuſtes remords. Elle croyait l'oublier, & ſi le haſard l'offrait à ſa vue, envain elle ſe diſſimulait une émotion profonde.... ſon triſte cœur, alors, avait perdu le repos pour long-tems. Elle ne fentait pas, hélas ! que fes réfolutions & fes fermens ; que fa triftefse & les efforts d'un cœur indomptable ; que tout, juf-qu'à fa dévotion, trahiſsait les ravages de l'a-mour, & des playes que rien ne pourrait guérir.

Depuis long-tems elle n'eſt plus. Elle repofe dans ce même temple, autrefois témoin de fon agitation, & confident de fes foupirs. Sur fa tombe, maintenant, plane ce chant augufte, qui jadis pénétrait fon cœur, & qu'elle n'entend plus. Ses offemens font couverts d'une humble pierre. On y grava fon nom. Quelques mots annoncent qu'elle était belle, & qu'au printems de fa vie, elle eſt defcendue dans l'éternelle nuit..... Cœurs infenfibles ! ils n'ont pas ajouté qu'elle avait aimé.

III.

LE CYGNE.

SOus le ciel orageux où l'aigle se balance,
Jouant avec la foudre, & guidant les éclairs,
Il est une retraite, asyle du silence,
    Où le cygne, avec négligence,
    Module ses concerts.
  Sur le gazon d'une verte prairie,
    Souvent, de son col tortueux,
On l'a vu carresser sa compagne chérie,
    Dans un oubli voluptueux;
    Et voguer avec elle,
    Sur le fleuve majestueux,
    Témoin de leur ardeur fidelle.
    L'écho répétait leurs soupirs
    Aux bosquets de la rive;
Leurs accords enchantaient la nature attentive,
Et planaient dans les cieux sur l'aile des Zéphirs.
D iij

Quelle horrible tempée
  A fait ceffer leurs jeux ?....
Le chaffeur épiait leur ardeur indifcrete ;
Maintenant, cent torrens, cent forêts, font
        entre-eux.
      Sur la rive déferte,
      Le Cygne, tous les jours,
De celle qu'il aimait vient déplorer la perte.
L'aftre du jour envain recommence fon cours :
      Il eft inconfolable,
      Et fa voix lamentable,
      Attrifte les amours ;
Il gémit le matin ; le foir, gémit encor ;
A tout ce qui l'entoure il chante fon ennui ;
Il le confie à l'ombre ; il le dit à l'aurore ;
Bientôt il l'oubliera dans l'éternelle nuit.

IV.

LA SOLITUDE.

Il fut un tems, Muse légère,
Il fut un tems, peut-être heureux,
Où ta voix aspirait à plaire.
Alors un cœur tendre & sincère
Applaudissait à tes chants amoureux.
  Maintenant, je n'ai plus d'amante,
  Quitte des charmes superflus,
  O Muse naïve & touchante !
Imite l'abandon d'une ame languissante :
  Isore, hélas ! ne t'entend plus.
Ainsi, dans nos jardins, fiere du rang suprême,
La rose, sous nos yeux, s'ouvre avec vanité.
Elle double les rangs d'un pompeux diadême,
  Pour vivre un jour au sein de la beauté.
Dans le fonds des déserts, elle perd sa parure.

Là, simple, sans éclat, éclose à l'avanture,
Elle vit sans témoins d'un triomphe trop court.
D'un regard dédaigneux, dans sa course orgueil-
  leuse,
Le soleil la fit naitre, au matin d'un beau jour ;
Et, sans l'appercevoir, d'une aile impétueuse,
  Le vent du soir l'effeuille sans retour.
    O mes vers ! coulez en silence,
  Par des accens aussi simples que lui,
D'un cœur abandonné, peignez la nonchalence,
    Et charmez le profond ennui.
Je suis seul, mécontent, au sein de la nature ;
Quand tout chante l'amour à mes sens moins
    émus,
Tout est muet, & l'onde, & l'ombre, & la
    verdure :
Avec le monde, hélas ! mon cœur ne s'entend
    plus.
Tout s'unit deux à deux : le ruisseau qui mur-
    mure,
  Dans sa course, cherche un ruisseau ;
Dans le vague des airs, l'oiseau trouve un oi-
    seau ;
A la fleur qui s'élève, une autre rend hom-
    mage ;

Dans les forêts, l'un vers l'autre élancés,
De leurs rameaux entrelacés
Les arbres amoureux uniffent le feuillage.
Tout aime, & je fuis feul!... Au matin d'un
beau-jour,
Autour de moi, je vois envain éclore
La volupté, la tendreffe & l'aurore;
Envain l'aftre des nuits, dans les cieux qu'il
colore,
A remis au foleil le flambeau de l'amour :
Dans mon cœur il fait nuit encore.
A mon réveil, une jeune beauté
Ne me fourira pas, d'une bouche innocente.
Si je pars, une tendre amante
Ne rappellera pas un amant regretté ;
Incertain, j'erre dans nos plaines,
Ignoré, fans fecours, étranger au bonheur.
Dans quel fein épancher mes peines ?
Quel eft le cœur, hélas! qui réponde à mon
cœur ?

Quand mes jours s'éteindront dans la nuit éter-
nelle,
Sur ma cendre glacée, une amante fidelle
Ne viendra point verfer de pleurs.

Au milieu d'un vallon tranquille,
S'élèvera ma tombe. Hélas! sur cet asyle,
Quelle main gravera mon nom & mes mal-
heurs?
Aucun sentier, sur cette fosse obscure,
D'un ami gémissant ne trahira les pas.
Le voyageur, errant à l'aventure,
Foulera seul le siège du trépas.
„ Quel homme, dira-t-il d'une voix alté-
„ rée,
„ Habite pour jamais cette tombe ignorée?
„ L'oubli le plus profond repose sur ses os;
„ Et de la tendresse éplorée
„ Les cris ne troublent pas son éternel repos!...
„ Il ne fut point aimé; son cœur fut insensi-
„ ble.... „
Arrête, malheureux! & sur mon souvenir,
Crains de lancer l'anathême terrible!...
J'aimais; à ce mot seul, vois ma tombe fré-
mir.
J'aimais; ô vers où mon ame soupire,
Vous le savez encor.
Ah! si jusques sur vous, la mort
N'a pas étendu son empire,

Autour de mon tombeau, redites chaque jour,
Dites à tout ce qui respire,
Le nom chéri d'Isore, & celui de l'amour !

V.

L'OISEAU. (*)

Premiere voix.

L'Oiſeau du ciel, d'un vol audacieux,
A fui l'homme cruel dans le vague des nues.
Là, de ſes aîles étendues,
Il demande un aſyle à la voute des cieux.

Où fuit l'oiſeau, ſur ſes ailes légères?
S'écriait le chaſſeur déçu.

(*) L'oiſeau, les deux pièces ſuivantes, & le chant de Schwvartsbourg, ſe trouvent déja dans un fragment des amours Alſaciennes, que j'ai donné. Je les répète ici, tant parce qu'ils étaient imprimés d'une manière fautive, que parce qu'ils ne ſe trouveront plus dans l'ouvrage complet.

Il fixe envain le ciel qui l'a reçu,
Et jette avec dépit ses armes sanguinaires.

Choeur.

Fuis, fuis dans le vague des airs,
Fuis en silence, oiseau timide!
Il veille, le chasseur avide,
Et son dard peut des cieux traverser les déserts.

Une voix.

Du haut des cieux, ton chant descend sur sa
retraite,
Soudain de sa main le trait fuit,
Comme l'éclair de la tempête
Dans l'ombre de la nuit.

Autre voix.

L'oiseau veut fuir la flèche qui le blesse;
Il agite son aile, il se débat encor;
Dans l'air, par un dernier effort,
Il veut soutenir sa faiblesse;
L'air ne résiste plus sous l'aile qui le presse.

Comme un vautour, la mort se déployant,
Etend sur lui son aile frémissante ;
Elle plonge, l'abbat, le suit en tournoyant,
Et le saisit sur la terre sanglante.

Chœur.

Meurs, ô faible oiseau , meurs !
Des derniers efforts de la vie,
Abrège les douleurs :
L'homme arrive, dans sa furie,
Pour insulter à tes malheurs.
Meurs , ô faible oiseau, meurs !

Une voix.

Du haut de la voute éternelle,
Le vent impétueux a dit :
„ Où donc est-il , mon compagnon fidèle,
„ Celui qui, dans son vol hardi,
„ S'appuyait sur mon aile ?

Autre voix.

Le mont silencieux

A demandé son chantre solitaire.
Reste muet, ô mont! fuis seul, vent furieux!
L'oiseau du ciel gémit dans la poussiere.

Chœur.

Meurs, ô faible oiseau, meurs!
Des derniers efforts de la vie
Abrège les douleurs :
L'homme arrive, dans sa furie,
Pour insulter à tes malheurs.
Meurs, ô faible oiseau, meurs!

VI.

LA ROSE.

Une voix.

AU milieu des buissons du rocher solitaire,
La rose s'élevait, prête à s'épanouir.
„ Regardez, disait-elle, au moment de s'ouvrir,
　　„ Regardez, je suis étrangère ;
　　„ Mais ; autour de moi, le Zéphir
　　„ Fixera son aile légère.

Autre voix.

Elle ouvre en rougissant,
Son sein délicat & modèste ;
Elle attend le souffle céleste,
Qui la teindra de son pourpre naissant.
Chœur.

Chœur.

Dans quel vallon, sur quelle terre,
A l'ombre de quelle forêt,
S'arrête le Zéphir, sur son aile légère ?
Elle attend, la rose étrangère,
La rose qui s'ouvre à regret
Au pied du rocher solitaire.

Une voix.

Cependant, au milieu des airs,
Le vent tonne dans sa puissance :
„ Que fais-je seul, dit-il, seul dans les cieux dé-
ferts ? „
Des nuages unis il rompt la résistance
Il s'irrite, il s'élance ;
Du milieu de leurs flancs ouverts,
Il menace les monts, ravage les vallées,
Renverse en un instant les forêts désolées,
Et roule en mugissant dans les gouffres des mers.

Autre voix.

Hélas ! que fais-tu, triste rose,

E

Sur tes rameaux rompus ?
A peine on te voyait éclofe,
Et les orages font venus.
Ils ont privé ton front de fa couronne altière ;
Envain, dans fon éclat, reviendra la lumiere :
Tu te penches, ô rofe ! & ne la verras plus.

Chœur.

Sans regarder la fleur naiffante,
Le vent impétueux dévafte les déferts.
Où donc eft le Zéphir, dont l'aile carreffante
Allait la nuancer de fa teinte brillante ?
Les vents l'ont entrainé dans les gouffres des mers.

Une voix.

„ Adieu, dit la rofe flétrie ;
„ Je n'ai vu qu'une aurore, & vois mon dernier jour :
„ Avant de s'être ouvert au fouffle de la vie,
„ Mon fein fe ferme fans retour.

Chœur.

O rofée ! & pourquoi tomber de ton nuage

Sur ces rameaux rompus ?
La rofe croiffait-là ; mais hier paffa l'orage !
Et la rofe n'eft plus.

VII.

LE CHENE.

Une voix.

Las de combattre les orages,
Et la fougue des aquilons,
Le chêne a penché ses feuillages,
Vers le noir torrent des vallons.

Autre voix.

Il semble sur sa tête
Appeller la tempête
Et les vents en fureur :
Au jour de la détresse,
Il sourit seul à sa douleur,
Et sous les coups de l'ouragan vainqueur,

Tombe avec un cri d'allégresse.

Chœur.

Il n'est donc plus , l'arbre majestueux !
L'oiseau du ciel n'a plus d'asyle ;
Et les vents , dans leur vol fougueux ,
Ne trouvent plus un obstacle indocile.

Une voix.

Le torrent impétueux ,
Du débris de ses branchages ,
Sème de lointains rivages.
Tout a dit : il n'est plus , l'arbre majestueux
Qui défiait les orages.

Chœur.

Tout passe ; tout s'écoule : ainsi l'onde qui fuit ,
Vers l'océan se hâte de descendre ;
Le siècle , au siècle qui le suit ,
Ne transmet que sa cendre.

Une voix.

Un fantôme est sorti de l'éternelle nuit,
Semblable à la vapeur qui recèle la foudre.
L'univers l'a senti s'appesantir sur lui....
Et les hommes étaient en poudre.

Chœur.

Tout passe, tout s'écoule : ainsi l'onde qui fuit,
Vers l'océan se hâte de descendre ;
Le siècle, au siècle qui le suit,
Ne transmet que sa cendre.

Une voix.

Mais, ainsi que l'oiseau qui, sur les vents émus,
Franchit les mers & gagne le rivage,
Le souvenir s'élance d'âge en âge,
Et rappelle au présent des jours qui ne sont plus.

Autre voix.

Sur le sépulchre funéraire

En gémissant il s'est assis.
A l'amante il a dit : pleure des feux chéris!..
   Au tendre fils : pleure ton pere!...
   A l'univers entier : gémis !...

Chœur.

   Fuyez, fuyez, sombres journées !
Ils ne sont plus, tous ceux que nous avons
         chéris.
   Fuyez, fuyez, longues années !
   Appellez-nous vers nos amis.
Les siècles passeront sur notre sépulture,
   Et rediront à la race future :
   Ils dorment là, ceux qui vivaient unis.

VIIL

LE CHANT DE SCHWARTSBOURG.

Semblable au songe affreux d'une nuit agitée,
  Passe devant mon ame épouvantée,
    Le souvenir de mes amours !
Quel génie, agitant un flambeau funéraire,
    A secoué sa flamme sur nos jours ?
Ce n'est qu'en tressaillant du serment téméraire,
Que nos cœurs ont juré de s'adorer toujours.

    Aux pieds de mon amante,
    Des plaisirs obscurcis d'effroi ;
A l'heure du triomphe, une sombre épouvante :
Tout répétait envain à ma flamme imprudente,
    Que la tempête était sur moi.
    Le nuage de mort avance,

L'obscurité s'accumule en silence,
Isore échappe.... Et le bonheur me fuit...
J'étens encor les bras... Hélas! vaine espérance!
Je reste seul dans l'horreur de la nuit.
A la clarté sanglante,
Au feu rougeâtre des éclairs,
Je vois ma chere Isore... & la vois gémissante,
Me tendre envain des bras que l'on chargeait de
fers...

Le désespoir a tonné dans mon ame;
J'ai fui le regard des humains;
J'ai cherché les déserts lointains,
Où l'absence éteindra ma flamme.
Sur le sommet inhabité,
Des montagnes chenues,
Je m'assieds dans l'obscurité
De ces ruines inconnues,
Asyle obscur & déserté,
Où s'arrête l'oiseau des nues.

Au milieu d'un beau jour, quelquefois le chas-
seur,
Errant loin du reste du monde,
Entend le chant de la douleur,

Avec le torrent deſtructeur ,
Deſcendre en murmurant, dans la plaine pro-
fonde ;
Il écoute ; il ſoupire ; il s'arrète , attriſté ,
Au milieu de ſa courſe errante ,
Et du ſoir l'étoile brillante
Le retrouve encor arrêté.
Chere Iſore !... envain je l'appele...
Dans quel vallon ſoupire-t-elle ,
Semblable au Zéphir du printems ?
Dieux ! loin de moi, peut-être , criminelle ,
Iſore abjure ſes ſermens....
Peut-être, un autre à la perfide
Arrache cet aveu timide.
Que mon cœur inſenſé deſira ſi long-tems...
Si tu l'oſais !... Frémis , coupable amante!..
Dans ton ame inconſtante ,
L'orage tonnera ;
A côté de ta couche ,
Mon ombre terrible & farouche ,
En ſilence ſe dreſſera.
Si d'un amant la tendreſſe imprudente ,
Te diſtrayait jamais de ton effroi...
Tremble !... Je lèverai ma tête menaçante...
Il reculera d'épouvante ,

Car mon regard fera fur toi.

Ils font donc écoulés, les beaux jours de ma
            vie !...
Les jours paffent, les jours de la mélancho-
            lie,
      Et leur voix m'appelle après eux.
      Fleur folitaire & defféchée,
      Sur ta tige penchée,
Mon fein ne reçoit plus l'influence des cieux.
Je me crains ; je me fuis ; dans l'antre le plus
            fombre,
      Je cherche envain la folitude & l'ombre
      Et l'oubli de tout l'univers...
      Où fuir fon cœur & fon amante ?
Dans ce cœur ulcéré fe lève plus touchante,
L'image qui me fuit jufqu'au fond des dé-
            ferts.

      Là, fur cette tour folitaire,
      Où du ciel l'oifeau fanguinaire,
Aux oifeaux de la plaine annonce le trépas ;
Sur ces murs, où fouvent fa ferre meurtriere,
      En traits de fang a tracé fes combats ;
      Dans des jours plus tranquilles,

J'ai gravé quelquefois un nom que j'adorais :
Lorſque la nuit s'étend ſur ces triſtes aſyles,
    J'y vais encor exhaler mes regrets.
        J'ai vu, dans cette ſolitude,
        Les triſtes manes des tombeaux
        Sortir avec inquiétude
        Des ruines de leurs châteaux.

Semblables au brouillard de la valléc obſ-
        cure,
        Ils erraient ſur l'humble gazon ;
        Ils écoutaient, du haut du mont,
        Ce noir torrent, dont le murmure
Frémiſſait autrefois autour de leur donjon ;
        Ils conſidéraient en ſilence,
        Les monumens de leur puiſſance,
        Accablés ſous l'effort des ans ;
        Et cette plaine immenſe,
        Qu'ils commandaient en Dieux tonnans,
        Mépriſant la vile indolence,
        Et l'orgueil de leurs deſcendans.

        J'ai vu le corbeau ſéculaire,
    Reconnaiſſant le héros ſanguinaire,
        Qui le guidait dans les combats,

Agiter peſamment ſon aile funéraire,
    Et gémir le chant du trépas.
  Il s'eſt poſé ſur cette pierre antique,
Où ma main a fixé l'emblême de nos cœurs.
Là, ſouvent, d'un guerrier l'ombre mélancho-
      lique
    Portait des yeux baignés de pleurs.

Il errait en ſilence autour du nom d'Iſore ;
Et fuit en ſoupirant, comme le vent léger
    Au retour de l'aurore....
A ſon cœur mon amour n'était pas étranger.

    Ombre funèbre ! ombre éternelle !
    Dans la nuit du trépas
    Tous les jours ton regard m'appelle.
Vers cet abyme affreux j'avance pas-à-
      pas....

    Je vais tomber ſur la terre ſanglante.
Ainſi tombe immolé le ſapin de nos monts :
Il élevait aux cieux ſa tête confiante ;
    Mais à ſes pieds logeaient les bucherons ;
    Depuis long-tems une hache tranchante,
Ebranlait ſon appui de ſes coups ſoutenus...

Il est venu, le jour de la détresse,
Où, sous les derniers coups du tranchant qui le
      blesse,
On entendra frémir ses branchages émus.
    L'homme jette un cri d'allégresse...
      L'arbre ne résistera plus.

IX.

LE SOIR.

Du haut de ce rocher, le théâtre du monde
    Paraît sombre & majestueux;
L'ombre s'étend sur la plaine profonde,
Et s'élève en vapeur à la voute des cieux.

    Dans le creux de cette vallée,
    J'entens gronder un noir torrent;
Son bruit éveille au loin la nature troublée;
    Le vent du soir l'apporte en murmurant.

Elève-toi, mon ame, à la voute azurée!
    Prens des cieux la route ignorée,
Suis dans les airs la vapeur colorée
    Par les derniers rayons du jour.
    Dégage-toi d'un sein rébelle;

Franchis ta barrière mortelle,
Vole ô mon ame, à la voute éternelle,
Holocauste échappé des flammes de l'amour.

Te fuivra-t-il aux cieux, ce fouvenir terrible,
Spectre effrayant, & qui brave le jour?
Planera-t-il, implacable Vautour,
Pour furprendre ton vol paifible?...
Que n'atteint pas le fouvenir?
Il s'élance d'une aile agile,
Dans les airs je l'entens frémir,
Il s'affied près de moi, fur le roc immobile;
Il fe perche fur le cyprès.
Trifte oifeau de ténèbres,
Je l'entens répéter les mêmes chants funèbres,
Et gémir les mêmes regrets.

Sombre mélancholie,
Tu mugis dans mon cœur, comme un torrent
lointain;
Je vois avec effroi le couchant de ma vie
Se rapprocher de fon matin.
Etoile errante,
Je m'élevais dans un ciel pur;
Un vafte champ d'azur,

S'offrait

S'offrait à ma courſe brillante ;
La tempête eſt venue , effrayant l'univers ;
Elle a voilé mon front de ſes crêpes funèbres ;
Je brillais au milieu des airs ,
Et je m'éteins dans les ténèbres.

X

LE TOMBEAU D'ISORE.

O Faibles souvenirs des plus doux senti-
　　　ments ! -
Vous qui ne m'offrez plus qu'une légère image
Des tableaux séducteurs de mes premiers mo-
　　　mens ;
Déja, le tems, hélas ! vous couvre d'un nuage.
Envain je veux fixer un passé trop confus :
Comme l'ombre, je sens décliner ma pensée ;
Bientôt, hélas ! bientôt votre empreinte effacée
Cessera de nourrir un charme qui n'est plus.

Ainsi l'œil, égaré sur une vaste plage,
Voit les flots fugitifs s'éloigner du rivage,
Décroitre, s'applanir, bientôt n'offrir aux yeux

Qu'un tranquille horifon confondu dans les
      cieux.

Qu'êtes-vous devenus, inftans de ma jeuneffe,
Inftans que j'oubliais dans les bras des amours ?
Quel feu ranimera la flamme enchantereffe,
Qui prêta fon éclat aux plus beaux de mes
      jours?
    Où font-ils, ces fombres boccages,
Qui furent fi fouvent le temple du bonheur ?..
Ils exiftent encor, mais le tems deftructeur
    S'appefantit fur leurs triftes feuillagés.
    Je les ai vus, ces lieux chers à mon cœur !
Deffous leur ombre antique & vénérable
      En frémiffant je fuis entré.
    Dans leur filence redoutable,
   D'un fombre effroi mon cœur fut pénétré.
    Tout y retrace la préfence
   Du Dieu qui rit de nos faibles deftins.
C'eft la deftruction qui ravage en filence.
    Sous fes pas incertains,
Par-tout on voit gémir la nature plaintive.
Ce paifible ruiffeau, dont l'onde fugitive
Baignait en murmurant l'afyle des plaifirs;
Ce ruiffeau, pur jadis, a dévoré fa rive;

Il n'est plus, ce gazon où souvent mes soupirs
Se font unis à ceux d'une amante adorable.
Ce jeune peuplier, dont l'ombre favorable
  A protégé souvent la volupté,
Il n'est plus; à sa place un chêne impénétra-
            ble,
S'élevant dans la nue avec témérité,
    Couvre d'une nuit formidable,
  L'asyle impur du serpent irrité.

    O chere amante, aimable Isore!
C'est donc là, que l'amour enivrait tout nos
            sens!
C'est-là que le plaisir sourit à notre-aurore,
    C'est-là que nous eumes quinze ans!...

    Dans ces lieux solitaires,
Tout me retrace encor des images trop chères;
Tout porte la douleur dans mon cœur amou-
        reux;
L'aspect de ces foréts, & l'air que j'y respire;
Ces roches, ce ruisseau, tout semble me re-
        dire:
    C'est-là... là, que tu fus heureux....
  Chère Isore; ombre vaine & chère!

De l'amour, qui fit ton malheur,
Conserves-tu quelque image légère.?
Ah! si le néant destructeur
Ne t'ensevelit pas dans son ombre éternelle,
Si tes manes légers, quand ma douleur t'appelle,
Distinguent une voix qui pénétrait ton cœur;
Qu'un souvenir chéri, de ma flamme immor-
telle
Te retrace encor les attraits!
Reconnais ton amant fidelle,
Au moins, à ses regrets!
Que dis-je, hélas! & que font pour ta cendre
Mes vœux & mes gémissemens?
Reposez, ô froids ossemens,
Restes chers & sacrés, qui ne pouvez m'en-
tendre!
J'entens déja la voix du tems;
Je vais rejoindre Isore au sein de la nature,
Et, partageant sa couche obscure,
Avec elle, oublier mes feux & mes tourmens.
C'est-là, que s'éteindra le feu qui me dévore;
Ce feu sacré.... Dieux! je n'aimerais plus!
Réuni pour jamais à ma sensible Isore,
Nos cœurs, sans le savoir, se toucheraient encore!
Dans le tombeau nos os, à jamais confondus,

Reposeraient ensemble & sans en être émus !..
   Pensers funestes & terribles !...
!   Fuyez.... Nous insensibles !...
  Lorsque les jours, sans cesse renaissans,
Se rallument, au sein de la nuit effrayante ;
Quand, parmi les frimats, la nature expirante
  Se rajeunit sous les fleurs du printems ;
Ne pouvant réparer la perte qu'il déplore,
  Ah ! l'homme seul ne voit-il qu'une aurore ?
Veillit-il sans espoir, s'éteint-il sans retour,
  Dans cette nuit que ne suit aucun jour ?

O vous qui me suivez dans ma triste carrière !
Gardez-vous de gémir quand je ne serai plus.
  O mes amis ! pour ma poussiere,
  Vos regrets seraient superflus.
  Plus passagers que l'écume de l'onde,
Que le brillant éclair, que le vent qui s'enfuit,
  Vous me suivrez dans l'éternelle nuit,
Et l'oubli s'assiéra sur la fosse profonde.
  Le tems alors couvrira de gazons
  Notre humble sépulture.
L'onde, sans nous charmer, roulera son murmure ;
Le rossignol envain redira ses chansons ;
  Sans jouissances, sans tortures,

Nous dormirons dans un profond repos;
Et, sans troubler nos tristes os,
Les générations futures,
Fouleront, tour à tour, l'herbe de nos tombeaux.

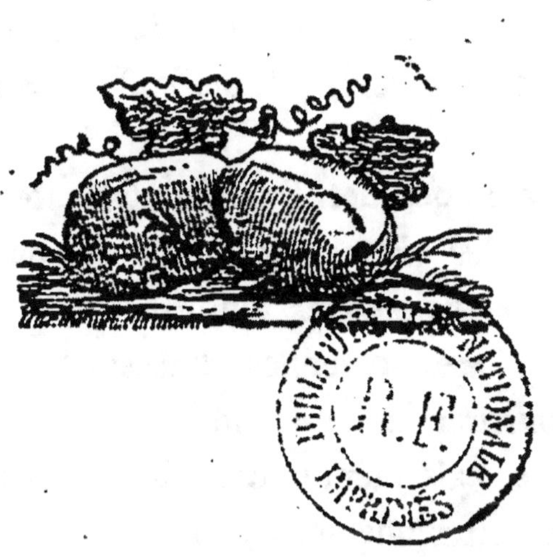

IX,

L'OMBRE.

Où vais-je désolée, ombre errante & plaintive ?
Eveillée à regret de la nuit des tombeaux,
Du fleuve de l'oubli chercherai-je la rive ?..
S'il me laisse mon cœur, il me laisse mes maux.

Là, s'élève un bosquet. Dans ses asyles sombres,
Fuyant l'œil des vivans, & la pitié des ombres,
   Je vais exhaler mes soupirs.
   Là, de mes anciennes chaines
   Je nourrirai les souvenirs.
   Là, je vais pleurer bien des peines,
   Et regretter quelques plaisirs.

FIN.

TABLE;

Premiere Partie.

Fin de la Table de la premiere partie.

T·A·B·L·E;

Seconde Partie.

Fin de la ſeconde & derniere Partie.

www.ingramcontent.com/pod-product-compliance
Lightning Source LLC
LaVergne TN
LVHW052159050726

842523LV00017B/423